LES LILAS DE COURCELLES.

LES
LILAS DE COURCELLES.

POÉSIES.

Par Ulric Guttinguer.

S.-GERMAIN,

DE L'IMPRIMERIE DE BEAU.

1842

LES LILAS DE COURCELLES.

A DES AMIS.

Quand l'homme entend au loin déjà tinter son heure,
Il demande de l'ombre autour de sa demeure;
Comme il sent au dedans tout parfum se flétrir,
Dans les arbres qu'il plante il cherche à refleurir.
Tous les pauvres blessés du combat de Cythère,
Réformés par Vénus, s'adressent à la terre,
Au beau printemps du cœur ne pouvant plus songer,
Ils se font un printemps d'herbe et de potager.
Ce dédommagement que le Ciel leur envoie,
Est une vanité souvent plus qu'une joie;

N'ayant plus rien à dire et rien à rencontrer ,

Ils pensent qu'ils auront quelque chose à montrer.

Serait-ce la raison pourquoi l'on vous invite ,

Amis, sous les lilas où ma maison s'abrite ,

Et n'en sentez-vous point au fond quelque frayeur ?

N'est-il point là-dessous de piégè horticulteur ?

Je laisse ces trésors aux têtes couronnées ,

Point de serres ici, de leurs planches ornées ;

De la Flore chimique ennemi déclaré ,

Je cède le cactus au marchand retiré.

De la collection je hais la symétrie ;

A tout oignon princier une rose flétrie

Me semble préférable, et je l'ai dit souvent :

Vivent les fleurs , les fruits , les amours en plein vent !

Venez voir seulement les lilas à Courcelles ,

Et vous y reposer du vin, des vers, des belles :

Venez voir ce qui fait qu'on rit à cinquante ans ,

Quand sans amour nouveau reparaît le printemps ,

Et comment il ne faut, pour se sentir renaître,

Tous les ans, que des fleurs au bord de sa fenêtre;

Comment dans le parfum monte le souvenir,

Et le nom que toujours on eût voulu bénir.

Vous, plus heureux, au fond de la cité bruyante,

Vous y rêvez fort peu de ma saison riante,

Vous ne redoutez pas le sombre carrefour,

Car à ses quatre coins vous rencontrez l'amour,

L'amour qui ne craint pas les pavés et les veilles,

Dieu qui sème en tous lieux les fleurs et les abeilles,

Qui porte tout en soi, bien mieux que le savant,

Ou le sage. Oh ! le sage ici-bas, c'est l'amant!

Vous n'avez pas besoin d'heures silencieuses,

Ni du semblant des bois dans vos chambres heureuses.

Que vous font ces maisons qui cachent le soleil?

Vous n'avez pas besoin de son lever vermeil;

Autre chose sourit à votre matinée,

Autres rayons luiront sur toute la journée,

Vous portez à vos fronts la jeunesse et sa fleur,

Vous avez vos jardins au fond de votre cœur.

Le mien est en plein air.... mon jardin, veux-je dire ;
C'est le moins qu'une fois vous veniez lui sourire ;
Venez voir mes lilas, bannière des beaux jours,
C'est ce qu'on aime encor après tous les amours.
Ces lilas qu'à Paris m'a donnés la nature,
Ne sont pas trop gâtés par leur voisine impure ;
Ils ont le tronc bien noir et le flanc dégarni,
Mais dans le haut feuillage encor parfois un nid,
Où chante quelque oiseau près de quelque fauvette ;
Ils ont le corps usé, mais des fleurs à la tête,
Jusqu'à la mort, hélas! système dangereux,
Qui la hâte!... Ceci devient trop sérieux.

Du reste, ce jardin a l'air d'une retraite,
A peu près comme j'ai, messieurs, l'air d'un poète ;
Si le Ciel l'eût voulu, je le serais pourtant !
J'ai fait ce que j'ai pu : — C'est un mot consolant, —
Dit-on : voici trente ans qu'au bel art littéraire,
Employé patient, je suis surnuméraire ;
J'ai vu tous mes amis sur le corps me passer,
Je m'en console, car je peux les embrasser. »

     Mai 1841.

A M. DE LAMARTINE,

APRÈS UNE LECTURE DE JOCELYN.

Lamartine, j'envie, en suivant ta pensée,
Et le cœur attendri m'attachant à tes pas,
Le rêve qui fleurit ta saison avancée,
Et colore à tes yeux les choses d'ici-bas.
Hommes, lieux, tout s'épure en passant par ton âme,
Ange aux secrets divins, tu rends, dans tes beaux vers,
A la nature un Dieu, l'innocence à la femme,
Et la beauté du ciel à ce triste univers.

Homme d'illusion, je t'aime et je t'admire,
Chaque objet te rend donc ton céleste sourire;
Tu crois ce que tu dis, et c'est vrai, pour tes yeux,
Tu parles de la terre en regardant les cieux.
Moi, je ne sais quel sort mauvais me décourage,
Mais je trouve souvent le serpent sous l'ombrage,
Le banc de vase immonde au bord des blanches mers,
Et les cris de l'offraie au fond de mes déserts.
J'essayai bien souvent des scènes du village
Si charmant dans tes vers, des danses au bocage,
Des parures de fleurs, des entretiens touchants
Que ta muse prodigue aux amours de nos champs;
Me croyant fait aussi de la chair des poètes,
J'ai cherché, cœur naïf, ces rondes et ces fêtes......
Faut-il te l'avouer? je n'y trouvai jamais
Que des fronts accablés de peine et d'intérêts;
Que de gros paysans se tordant les chevilles,
Sous les regards éteints de noires jeunes filles;
Qu'ivrognerie, injure, amers ressentiments,
Brutalités de père et de mère et d'amants;
L'homme était là! ses pas pesants, sa voix impure
Salissaient les gazons et souillaient la nature.

Aussi, bien que charmé des douceurs de ta voix,
Quoique d'accord souvent sur les mœurs, sur les lois,
Sur l'orgueil des tribuns qu'accable ton génie,
Sur le mal de nos temps et sur leur agonie,
Je diffère en des points sur notre humanité,
Que je veux t'exposer avec humilité :
A mes doutes amers si tu daignes répondre,
Tu me verras heureux qu'on puisse me confondre.

Il n'est pas jusqu'au Juif déicide et voleur,
Qui ne trouve indulgence en ton vers séducteur ;
J'y vois le meurtrier, bourreau de l'innocence,
Exciter dans ton âme une étrange clémence,
Et jusque sur le crime égarant ta bonté,
Pour l'assassin tu veux presque l'impunité.

O poète, ô chrétien, que j'ai peine à te suivre !
De quelque pur nectar que ta muse m'enivre,
Mon esprit va toujours se demandant pourquoi,
Malgré cette pitié que tu veux dans la foi,

Le Juif persévérant, immonde créature,

Demeure encor pour moi l'horreur de la nature;

Pourquoi j'entends toujours avec dégoût ces voix

Qui me semblent crier encor : Mettez en croix!

Apôtre libéral d'inique tolérance,

As-tu donc de ton Christ oublié la souffrance,

Les fouets et les bourreaux, les affronts, les douleurs,

Et sous les oliviers les sanglantes sueurs,

Que tu veux maintenant, traitant les Juifs en frères,

Mêler leurs os infects aux cendres de nos pères?

Non! par son propre arrêt à tout jamais proscrit,

Que le Juif soit errant, que le Juif soit maudit!

Quant aux antiques lois dont tu veux qu'on efface

La mort du meurtrier..... je te demande grâce

Pour le faible ou le juste à sa rage livré,

Si de ce châtiment le frein est retiré :

Prends pitié d'eux aussi, des enfants et des mères.

Seule la mort défend de la mort nos chaumières.

Quand sur l'espèce humaine on a rêvé long-temps,

Quand on voit la nature et l'homme si méchants

On ne peut, frémissant de ta noble imprudence,

Qu'en redouter aux bons la fatale influence.

Peu de rêves humains renferment plus d'erreur,

Que l'espoir de fléchir par conseil ou douceur

Cette race implacable éparse sur la terre,

Que le vice et l'envie ont faite sanguinaire.

Tu sais que dans ce monde un Dieu même est venu,

Et combien l'ont trahi, méprisé, méconnu !

Tu sais la loi d'amour qu'il a laissée au monde,

Quels saints nous l'ont prêchée ! or, sur la terre immonde,

Le mal en est-il moins le tyran de nos cœurs ?

Les cieux sont-ils plus doux et les hommes meilleurs !..

Quels pas avons-nous faits depuis le grand Martyre ?

Ecoute, et vois ! hélas ! peut-être l'homme est pire.

Au lieu de s'abreuver à ces sources du ciel

Qu'ouvrait son évangile, il se nourrit de fiel.

Regarde ce qu'il hait et vois ce qu'il préfère,

Comme la paix l'ennuie et comme il veut la guerre :

Des révolutions quand sonnent les combats,

Comme Caïn il tue, il vend comme Judas.

Vois de quoi l'ont doté les saints et les prophètes,

Quelles voix, quels éclairs éclatent sur leurs têtes,

Quels riches moissonneurs ont empli sa maison
D'éloquence, d'amour, de divine raison ;
Quels anges ont crié : Soyez doux, soyez frères,
Soyez humbles surtout, étouffez vos colères ;
Et jamais plus d'orgueil, d'envie et de courroux ,
Au-dehors, au-dedans éclata-t-il en nous ?
Vois le chemin de l'homme et son ignoble ivresse,
Sa forme, son regard, sa joie et sa tristesse...
Dis, si le désespoir ne te prend quelquefois,
En contemplant ses traits, en écoutant sa voix !
Au mal intérieur qui de son poids l'oppresse,
Tu connais le venin qu'on ajoute sans cesse,
Tu vois avec effroi son sourire infernal
Sur ce dragon nouveau qu'on nomme le *Journal!*
Et comme, au lieu d'aimer, il va salir son âme
A ces bourbiers de haine et de malice infâme,
Commençant chaque jour dans d'amers sentiments
Et mêlant ce poison à tous ses aliments ;
Exaltant son orgueil, excitant son envie,
Accueillant tout sarcasme et toute calomnie,
Aimant avec fureur ce qu'il devrait blâmer,
Avec rage haïssant ce qu'il devrait aimer !

Que pourraient aujourd'hui le Ciel et ses prophètes
Sur ces ambitions que l'enfer nous a faites,
Contre cet ennemi de la société
Qui prend effrontément le nom de liberté!

Or, quand Jésus n'a pu régénérer la terre,
Ce qu'un Dieu n'a pas fait, espères-tu le faire?
Penses-tu contenir sans l'effroi du trépas
Le terrible ennemi sans cesse sur nos pas,
Et l'indomptable orgueil qui crie à l'esclavage,
Dès que l'homme n'est pas libre comme un sauvage?

Noble erreur que la tienne ! et l'on peut s'affliger
De n'avoir point en soi de quoi la partager ;
Mais vouloir désarmer la puissance affaiblie,
Dans la société que le mal a vieillie,
Chez cette nation vaine et folle de soi
Et d'où s'en vont l'amour, la prière et la foi,
C'est à la mort certaine envoyer l'innocence,
C'est aux tigres humains nous livrer sans défense,

C'est faire d'un seul coup sur nos seins éperdus
Tomber tous les poignards encore suspendus.

Regarde quelle soif de biens, de jouissance,
Altère nos enfants! l'horreur de la puissance!
C'est la haine du frein, de l'ordre et de ces lois
Que le travail pieux bénissait autrefois;
Il faut à chacun l'or, le pouvoir, la pensée;
C'est à travers le monde une course insensée
De tout rang, de tout âge et de tous les états,
Des luttes de chaque heure et d'éternels combats.

Que faire d'un tel peuple, et comment satisfaire
Ce besoin d'un bonheur impossible sur terre?
Comment combler des vœux au-dessus du pouvoir
De l'homme que l'on a retiré du devoir?
Comment calmer son âme insolente et plaintive,
Rebelle à son destin, à sa loi primitive,
Le travail, le devoir, la souffrance et la mort?
Qu'il fallait de vertus pour supporter ce sort!

La résignation, le calme, la prière,

Lui devaient adoucir ce châtiment sévère ;

Qui donc y songera quand nos législateurs

Les ont comme effacés de nos lois, de nos mœurs ?

Les paroles long-temps rares et solennelles,

Prodigues aujourd'hui, sèment aux cœurs rebelles

Mille discours confus, mille discussions

Où s'allument les feux de nos ambitions.

De là tant de colère et de haine et de rage,

Et des petits aux grands l'inépuisable outrage :

Cette guerre qu'à Dieu Satan fit autrefois,

Les Titans d'aujourd'hui la veulent faire aux rois.

Quels seront les vainqueurs ? Dieu le sait. Quel tonnerre

Rejettera ces nains et leurs tours sous la terre?

Le maître garde encor ce secret dans son sein,

Quand il en sera temps il ouvrira sa main,

Le châtiment viendra sur cette race folle

Que plus que feux et fer dévore la parole ;

A ces cœurs affamés de luxure et de gain,

Le Ciel refusera le sommeil et le pain ;

Il faudra que ce peuple, en d'effroyables guerres,

Subisse encor trente ans de pleurs et de misères ;

Que ses flatteurs encor dévorent ses enfants,

Ses trésors, ses moissons, pour que ses bras tremblants

Se lèvent vers son Dieu! pour que, las de souffrance,

Ils crient : Qu'avons-nous fait de la sainte espérance?

Rendez, Seigneur, rendez à vos fils confondus

Un sceptre pacifique et les biens méconnus!

Alors, comme on le vit après un long martyre,

Un poète divin accordera sa lyre,

Et lorsque de la paix poindra le jour sauveur,

Sur les débris fumants chantera le Seigneur;

Il dira dans des vers que la sagesse inspire :

« *Que béni soit mon siècle où le monde respire!* [1] »

Sur Israël des jours plus doux se sont levés,

Et du Juste vainqueur les temps sont arrivés!

Alors, en contemplant le calme de la terre,

Les hommes épuisés détesteront la guerre,

Et reprenant l'amour des paisibles travaux,

Sur tous les océans lanceront leurs vaisseaux;

[1] *Chant du Sacre.* M. de Lamartine.

Jusqu'à ce que l'esprit de désordre et de crime
Aux piéges de l'orgueil reprenne sa victime ;
De ses illusions lui recharge le cœur,
Pour lui jeter après son sourire moqueur,
Lui montrant ses projets renversés sur le sable,
Et la ligne ici-bas à l'homme infranchissable ;
Car le triste combat du faible et du pervers
Ne doit finir, hélas ! qu'avec cet univers.

Dans ce cercle fatal où tourne notre espèce,
Frères, bercez-vous donc de rêves de tendresse,
D'universel accord, d'amour et d'union !
Ouvrez l'arène au tigre et la cage au lion !
Niez l'orgueil humain, son désir inflexible,
Livrez-vous désarmés à l'homme incorrigible,
Et vous aurez bientôt le désespoir pour roi,
La licence pour juge et le vice pour loi.
Alors, les bons, traînés sanglants aux gémonies,
Accuseront encor vos imprudents génies,
Ils vous reprocheront, en passant sous vos yeux,
Les mots dont vous avez armé les envieux,

Mots sacrés, mais toujours mal compris du vulgaire,
Du vulgaire *profane, injuste, téméraire* [1],
Et qui pour être heureux a besoin de bonté,
De travail, de justice, et non de liberté.

[1] La Fontaine.

A M. ACHILLE·DUCLÉSIEUX.

Petits oiseaux, mes frères,
Que vous êtes heureux !
Ignorant nos misères,
Rien ne trouble vos jeux, *etc.*

A. Duclésieux, *dernier chant.*

RÉPONSE DES PETITS OISEAUX.

Que dis-tu, cher poète,

Que nous sommes heureux !

Que notre vie est faite

Pour les fleurs et les cieux ?

Que de chants et d'ombrage

Se composent nos jours,

2

Et que sous le feuillage
Il n'est pour nous qu'amours ?

Qu'il n'est qu'amants fidèles ,
Que rayons et que miel ,
Que nous avons des ailes
Pour approcher du ciel ?

Songe, songe et mensonge ,
Plein de déceptions,
Qui vaguement se plonge
Dans les illusions.

Hélas ! nous souffrons comme
Tous les êtres , ami ;
Eh ! n'avons-nous pas l'homme
Pour constant ennemi ?

Nous voyons, pauvres mères ,
Sur le nid de l'amour
Fondre et plonger les serres
De l'éternel vautour.

Le serpent nous attire,
Et l'enfant nous poursuit ;
Nous avons le martyre
Et les pleurs de la nuit.

L'ombre sur la montagne
S'emplit de nos douleurs ;
Mères, fils et compagnes
La trempent de leurs pleurs.

Nous connaissons l'envie,
Et dans nos nids heureux
Une perfide amie
Brise nos tendres œufs.

L'hiver vient, la tempête,
Sous l'arbre sans abri,
De sa voix inquiète
Répond à notre cri.

Autour de ta demeure
Aux feux étincelants,

Entends la voix qui pleure,
Reconnais nos accents !

La faim, la soif nous serre ;
Heureux, dans ces horreurs,
Si la balle ou la pierre
Abrégent nos douleurs!

A présent dis : « Mes frères,
» Que vous êtes heureux,
» Ignorant nos misères,
» Rien ne trouble vos jeux »

Ah ! que ta voix chrétienne
Insulte à notre sort,
Notre loi, c'est la tienne,
La souffrance ou la mort.

Février 1842.

RÉPONSE.

A M. ULRIC GUTTINGUER.

Hélas! le savez-vous ce qui pleure en votre âme?
Ce qui jette à vos yeux comme un voile jaloux;
Ce qui mêle toujours son écume à la lame,
Et laisse votre amour stérilisé dans vous?
Savez-vous d'où vous vient cette voix gémissante,
Cette oreille où les chants se changent en soupirs,
Cette main qui se sent à toute œuvre impuissante,
Et ce cœur immortel qui n'a plus de désirs?
Savez-vous d'où vous vient ce front qui désespère?...
Ami, si mon regard osait plonger encor!...

Si ma voix ne craignait de vous paraître amère,

Je dirais : « O chrétien ! où donc est ton trésor ?

» Qu'as-tu fait de tes jours ? qu'attends-tu de la vie ?

» Où gît ton espérance ? où s'émeut ton amour ?

» De quel rêve ton âme est-elle poursuivie,

» Quelle nuit d'ici-bas peut altérer ton jour ? »

Je dirais ce qu'hélas ! je me dis à moi-même,

Quand je sens de mon cœur les ténébreux élans,

Et que, près d'oublier le sceau de mon baptême,

Mon front béni se penche aux sombres océans.

Mais un cri de douleur appelle un cri de gloire,

Un mot de l'âme éveille un écho d'infini :

Jésus-Christ m'apparaît et me rend la mémoire,

Et l'espoir du bonheur revient comme un banni ;

Et sa nature alors, comme un écho fidèle,

Dans ses flots, ses rochers, ses nuages, ses bois,

Du cœur qui dans sa foi, Seigneur, se renouvelle,

Recueille les transports et disperse les voix.

Tout devient une joie, un éclat, un cantique :

Mais.. Ce mot vous arrête..... et votre cœur dit : Non !

Et peut-être déjà votre œil mélancolique

Accuse du passé l'inutile leçon.

Vous rappelez les soirs *de ce lieu solitaire*

Où l'on aime à donner *une fleur à la terre*,

Un baiser à son fils, un denier à Jésus ;

Et ces biens si sentis, vous ne les sentez plus.

Où donc aller chercher ce ver qui les dévore,

Ce souffle intérieur qui ronge et décolore,

Ce serpent qui toujours *se cache en vos déserts*,

Ce banc de vase immonde au bord des blanches mers ?

Où donc ? Ah ! si j'osais une rude parole,

Si je touchais du doigt ce mal qui vous désole,

Si je frappais le cœur d'un bras plus irrité...

Je dirais : « Dans ton sein se meurt la volonté.

» Homme, tu ne veux pas ; tu fléchis, tu t'inclines ;

» Le moindre vent des mers ébranle tes racines ;

» Tes rameaux éclairés des purs rayons des cieux

» Laissent ramper au tronc un lierre injurieux. »

Un désir, un soupçon, un mot, une injustice,

C'est assez pour jeter l'âme dans son supplice.

L'âme où vous n'êtes plus, Seigneur, qu'en souvenir,

Ou dans le pâle espoir d'un lointain avenir...

Mais le cœur tout entier, qui vit de ce qu'il aime,

Qui fait de votre loi sa volonté suprême,

Qui nuit et jour vous cherche et se nourrit de vous,
Oh ! d'un autre bonheur peut-il être jaloux ?
De quelqu'espoir trompé peut-il se plaindre encore?
Est-il un vrai malheur au cœur qui vous adore?
N'êtes-vous pas l'ami qui nous suit au tombeau,
La main sûre qui tient devant nous le flambeau,
La vertu qui se donne à notre intelligence,
L'amour pur dont l'ardeur s'unit à l'espérance,
Le Dieu qui nous aima de toute éternité...
Le soleil de notre âme..., et sa félicité?...

ACHILLE DU CLÉSIEUX.

RÉPLIQUE.

A M. ACHILLE DUCLÉSIEUX.

Tu te trompes aussi, chrétien, oh ! j'en atteste
Tout ce qui reste en moi de la manne céleste !
Je garde dans mon cœur la sainte *volonté* ,
Mais des choses pourtant je vois la vérité !
Dans toute son horreur j'aperçois la nature,
Je contemple et gémis, rarement je murmure ;
Je me courbe en pleurant devant l'arrêt du sort,
Croyant que le secret de tout est dans la mort ;
Je me résigne, mais la vérité m'oppresse,
Et je ne puis chanter cette immense détresse,
Ce supplice effrayant dressé sur l'univers ,
Qui frappe l'innocent bien plus que le pervers....

« Point d'innocent, dis-tu, dans notre race humaine. »
Soit ! j'accepte le mot, et je te crois sans peine ;
Mais tout enfin n'est pas coupable sous le ciel,
Et pourquoi donc alors le meurtre universel,
Le sang de nos agneaux ; le cri de la colombe,
Et chaque jour pour eux la torture et la tombe ?
Le lion a pour lui sa force et le désert,
L'oiseau n'a que sa voix, son suave concert ;
C'est l'oiseau qu'on égorge en son lit de verdure,
Au moment où sa voix célébrait la nature !
Le cri de son angoisse a monté dans les airs.....
Poète ! et vous chantez son bonheur dans vos vers !
Sur nos tristes destins quelle amère ironie !
Qu'est ce monde, sinon une infâme agonie ?
Ah ! cette loi d'horreur, je peux la supporter,
Mais Dieu n'exige pas que j'aille la vanter.
Il ne se peut qu'ainsi sa puissance me brave,
Et que de son enfant il fasse son esclave,
Adorant son caprice et caressant ses fers,
Disant que tout est bien dans ce triste univers,
Où, sur la vaste mer comme en l'humble demeure,
Les plantes, les oiseaux et l'insecte, tout pleure....

C'est son secret divin ! qu'il le garde ; mais moi,
Je veux pleurer les jours qui coulent sous sa loi !
Mais ce n'est pas mon sort qui me trouble et me lasse ;
Quelque ronce d'en bas où mon pied s'embarrasse,
Quelque lâche amitié qui trahit le malheur,
Non, c'est le mal humain qui dévore mon cœur,
Ce besoin de tromper mis dans toutes les âmes,
Et cette race enfin d'absurdes ou d'infâmes ;
C'est la boue et le sang sur la terre épandus,
Le vice et les fléaux sur nos fronts suspendus ;
Notre chair de limon et qu'on voudrait céleste,
Et toute cette histoire inflexible et funeste !
Oui, ce voile à mes yeux cache les flots, les bois,
Et je n'entends dans l'air que d'implacables voix !
Mais Jésus, me dis-tu, son verbe, son exemple,
Voilà ce qui console, alors qu'on le contemple !
Voilà ce qui soutient notre tremblante foi,
Ce qu'il faut embrasser dans ce monde d'effroi.
C'est ma pensée aussi ; c'est ce Dieu que j'adore ;
Dans mes accablements, c'est Jésus que j'implore.
Ah ! je tordrais mes fers dans ce monde de pleurs,
Si je n'avais sur moi les sanglantes sueurs ;

Je briserais mon front révolté sur la pierre,

S'il ne m'avait appris à dire : Notre père!

Si ce juste a souffert nous pouvons tous souffrir,

S'il est mort sur la croix, nous y pouvons mourir;

Mais qui justifiera cette horrible justice?

Pourquoi ce sang divin, pourquoi ce sacrifice?

Oh! nous, qui pardonnons si vite à nos enfants

Quand ils brisent nos cœurs faibles et confiants,

Comprendrons-nous, hélas! ces rigueurs excessives,

Et le mystère affreux du jardin des Olives!

Je m'arrête, tremblant, et me soumets aussi;

Mais ma volonté seule à cela réussit.

Tu reconnaîtras donc qu'elle n'est point stérile;

Sans elle je ferais un effort inutile,

Car tout ce que je vois me dirait de haïr,

Et malgré ma raison, je prétends obéir,

Obéir et prier dans les larmes amères

Qui coulent chaque jour de toutes nos misères.

Tu vois, je suis chrétien plus que toi, dont les yeux

Voient les cieux bienveillants et les oiseaux heureux.

RÉPONSE.

A M. ULRIC GUTTINGUER.

14 Février 1842.

J'accepte votre voix dans sa sombre énergie;
Ces accents de douleur autant que de génie
Me plaisent aujourd'hui, jour de ciel orageux,
Où mon cœur est chrétien... et reste douloureux.
Mot lâche!... Oh! pardonnez... ma foi le désavoue;
Mais une main d'enfer dans mon ciel me secoue,
Et quand, épris d'amour, oubliant mes douleurs,
Je suis tenté parfois d'essuyer tous mes pleurs;

Quand je chante, et qu'auprès l'oiseau qui vient m'entendre
Partage le tribut de ma lyre plus tendre,
Soudain la main de plomb qui me jeta si bas
Me saisit et me dit : « Tu ne chanteras pas ! »
Et mon cœur se révolte... et mon front se redresse,
Et je sens la colère au fond de ma tristesse...
Et je regarde en face... et j'insulte à mon tour
Cet indigne ennemi qui corrompt mon amour...
Et l'accent du damné se trahit dans la lutte :
C'est une âme qu'au Christ l'ange tombé dispute :
Le poète n'est plus... c'est un être immortel
Que Dieu veut vertueux, et Satan criminel ;
Et la vie est en soi sanglante et combattue ;
Tout s'explique d'un mot..... Humanité déchue !

15 février.

Je pourrais aujourd'hui, plus calme, plus rêveur,
Vous jeter quelques mots de plainte et de douceur ;
Reconnaître avec vous, dans mes pleurs solitaires,
De l'éternelle loi les effrayants mystères,
Le meurtre universel, il est vrai, les fléaux,
L'être comme englouti sous l'océan des maux ;

Je pourrais évoquer ces fantômes sinistres,
Du ciel ou de l'enfer implacables ministres ;
Voir de l'œuvre de Dieu le côté douloureux,
Et lancer l'anathème à ce monde hideux.
Mais pourquoi remuer tant de sang et de fange ?
Sur le sol des maudits s'il est encore un ange,
Un cœur pur et brûlant de nobles passions,
C'est assez pour sauver nos admirations.
Quand l'âme a découvert cette tige céleste,
Elle peut s'écrier : « Oui, le bonheur nous reste ! »
La foi, le saint espoir, le dévoûment, l'amour,
Nous gardent un reflet du fortuné séjour.
Mais pourquoi, dites-vous, ce sanglant sacrifice,
Et qui justifiera cette horrible justice ?
Il te fallait, grand Dieu ! sa victime pour tous ;...
Quelle tête eût osé s'offrir à ton courroux ?...
Plus l'homme méritait de rigueurs excessives,
Plus notre cœur comprend le jardin des Olives ;
O Christ ! quand tu saisis ton calice d'effroi,
Tant d'amour pouvait-il vivre en d'autres qu'en toi ?
Et ton cœur, accablé de toutes nos souffrances,
N'a-t-il pas garanti toutes nos espérances !

C'est du sommet sublime où s'azurent les cieux,

Que le Chrétien ici doit abaisser les yeux ;

Et dans ces régions de bruit et de poussière,

Où perce avec effort un rayon de lumière,

Que voit-il?... Est-ce Dieu ?... son Christ ?... le Créateur ?

Ou l'homme... qui des jours est le profanateur ?

Et le mystère alors tristement se déroule...

Ces révoltes, ces cris, ces horreurs, cette foule,

Le crime triomphant le juste épouvanté,

C'est le règne de l'homme... avant l'Éternité.

Et l'homme est criminel... et toute la nature

Est souillée avec lui du sang de sa blessure :

La colombe qui plaint, le lion qui rugit,

Disent dans leur douleur : « L'univers est maudit ! »

Et ce long désespoir retentit dans les âges,

Et l'âme doit subir de honteux esclavages ;

Le front doit s'agiter sous une main de fer,

Et l'œil s'épouvanter à des lueurs d'enfer.

Je poursuis avec vous ces visions funèbres,

Et mon œil éperdu se trouble en ces ténèbres...

Mais soudain, dans la nuit il s'élève une voix...

Le Christ, comme un soleil m'apparaît sur la croix...

Tout s'illumine en lui, tout renaît, tout espère...
Et la nature enfin a retrouvé son père.
Et je l'aime, ce père. — Et voilà donc pourquoi
La nature éveilla son cantique dans moi.
Comme elle j'ai souffert, et comme elle je chante,
Car la voix dans les pleurs n'en est que plus touchante ;
Mais si mon cœur s'éprend d'un bonheur isolé,
N'en accusez que Dieu qui me l'a révélé ;
Si l'oiseau me paraît s'enivrer de lumière,
C'est peut-être un besoin d'épancher ma prière ;
Si l'azur est au flot, le parfum à la fleur,
C'est mon âme en encens qui s'élève au Seigneur :
Tout est bien, tout est pur, tout est doux quand on aime,
Et l'amour est pour moi la science suprême.

DERNIER MOT.

Vidisse stellam sufficit.

(*Epiphanie*).

Je me rends, je me rends, ta voix m'a su confondre ;

Peut-être ma raison pourrait encor répondre,

Mon cœur ne le veut plus, ce combat m'a lassé ;

Un rayon de ta foi sur mon front s'est placé,

C'est assez ! aimons donc, aimons qui nous châtie,

Rejetons loin de nous toute parole impie ;

Quand l'esprit corrupteur nous apportait la mort,

Il commençait aussi par pleurer notre sort ;

Il plaignait du Très-Haut la faible créature,

Et, troublant son bonheur par un premier murmure,

Il éveillait en elle, au flambeau d'un faux jour,

Cet esprit d'examen, la mort de tout amour.

Ah ! ce ciel, qu'à nos yeux cachent d'humides voiles,

Contient moins de vapeurs encore que d'étoiles ;

En voir une suffit. Étoile du berceau,

Astre de Bethléem, éclaire mon tombeau !

Dans ce sombre horizon ton front pur se dégage,

Je lis à ta clarté derrière le nuage ;

Doux et calme dans moi le silence descend ;

Mon esprit est soumis ; s'il ne voit, il entend ;

S'il ne touche, il devine, il désire, il espère ;

Sa plainte tout-à-coup s'est changée en prière,

Et le démon du blâme en criant s'est enfui.

S'il ose revenir, anathème sur lui !

Une vérité sort du mal qui me tourmente :

C'est qu'en cette recherche où le cœur se lamente,

C'est qu'à voir la nature en ce qu'elle a d'affreux,

Nous devenons méchants, ou du moins malheureux.

Pour n'être plus tenté par ce sombre mystère,

Je prétends détacher mes regards de la terre,

Et si Satan revient y ramener mes yeux,

Je ne répondrai plus... je montrerai les cieux !

DERNIÈRE CONSOLATION.

Vous aimerez la vie aux jours
Où tout naît, s'anime et s'éveille,
Où l'on entend à son oreille
Les chants et les pleurs des amours ;
Aux jours d'illusion dorée,
Où tout est pur ravissement,
Où le cœur est facile, aimant,
Où toute femme est adorée ;
Où le Ciel pour nous relever,
Dans nos langueurs, dans nos méprises,
Nous tient d'adorables surprises
Toutes prêtes à nous sauver ;

Où s'ouvre partout sur la terre,
Par un délicieux mystère,
Avec des charmes inconnus,
Le trésor des biens imprévus.
Oh! oui, la vie alors est chère,
Vous craindrez pour ces jours divins
Le mal, la mort et les destins ,
Vous en craindrez l'heure dernière ;
Même, les yeux levés au ciel,
Elle apparaîtra sombre, amère,
Spectre inexorable et cruel ;
Sous sa main fanant toutes choses,
Brisant vos fruits, fauchant vos roses,
Et la voyant vers nous courir,
Vous crierez : Oh! comment mourir?
Attendez, ami, l'heure avance,
Le temps vient à votre secours ;
L'arbre embaumé de l'espérance
Va perdre ses fleurs pour toujours ;
L'horizon n'aura plus de voiles
Dont vous attendrez le retour,
Bientôt pâliront vos étoiles,

Dans les yeux s'éteindra l'amour ;
Jetant vos regards en arrière,
Vous verrez le passé flétri,
Le fleuve où vous buviez naguère
Dans quelque affreux désert tari ;
Dans la douloureuse pensée
De quelque dévoùment perdu ,
L'âme anéantie et brisée,
Vous vous sentirez confondu ;
Vous aurez vu le fond des âmes,
Et souffert de toute rigueur,
Nature, pensée, hommes, femmes,
Toùt aura trompé votre cœur.
Alors, dans vos jours remplis d'ombre,
Nul beau rayon ne brillera,
Tout à vos yeux deviendra sombre,
Le sol sous vos pieds manquera ;
Plus de femme qui sourira,
Plus de mains dans vos mains tremblantes,
De voix à vos chants frémissantes,
De cœur qui vous devinera ;
Un vertige affreux troublera

Votre âme dans ses maux perdue,
Si bien que quand la mort viendra,
Elle sera la bienvenue.

Mars 1841.

LAURA.

Vous avez un beau nom, un nom saint sur la terre,
Qu'un esprit chaste et pur a su rendre immortel ;
Jamais plus doux encens sur un plus noble autel,
N'exhala plus d'amour, de grâce et de mystère ;

Avec ce nom dans l'âme il vécut solitaire,
Le disant aux échos, à la nature, au ciel ;
Il en est tant venu de rosée et de miel,
Qu'on ne l'a point blâmé de n'avoir pu le taire.

Et moi, lisant ce nom par votre main tracé,
Mieux que je n'avais fait, j'ai compris ce passé
De désirs contenus et de flamme discrète,

Mais ce que j'enviais surtout à ce rêveur,
C'était ce beau destin, plus grand que le poète,
D'avoir fait immortel le nom cher à son cœur.

Mars 1841.

SONNET,

EN RENVOYANT LES ŒUVRES DE VOITURE.

Voici votre Voiture et son galant Permesse.

Quoique guindé parfois, il est noble toujours ;

Il est tant de mauvais naturel de nos jours,

Que ce brillant monté m'a plu, je le confesse.

On sent (c'est un beau tort) que le commun le blesse,

Qu'il lui faut un langage à part pour ses amours ;

Il croit les honorer par d'étranges discours :

C'est là de ces défauts où le cœur s'intéresse.

Ce désir excessif dès l'abord m'a charmé ;

Je crois que volontiers, femme, je l'eusse aimé :

Il a d'ailleurs des vers pleins d'un tendre génie.

Tel est ce vers charmant qui jaillit de son cœur :

« Il faut finir mes jours dans l'amour d'Uranie. »

Saurez-vous, comme moi, comprendre sa douceur ?

Saint-Germain-en-Laye,   mai 1840.

L'HABIT NOIR.

Effroyable habit noir de deuil et de visite,
Encre, ténèbres, boue, image de nos jours,
De nos jours d'à-présent, sans rire et sans amours ;
Habit qui plaide, habit, hélas ! qui sollicite !

Qui donc nous a couverts de ta couleur maudite,
Habit des avocats, habit des longs discours ?
Qui fait donc que partout on te trouve toujours,
Et qu'il n'est fête, bal et noce qui t'évite ?

Nous avions à choisir ou de l'arbre ou des fleurs,
Des oiseaux ou du ciel, et toute la nature
Nous disait de vêtir ses riantes couleurs ;

Nous avons préféré le drap de sépulture :
C'est raison après tout, vague pressentiment
Que la société suit son enterrement.

EN SORTANT D'UN BOUDOIR.

A DEUX HEUREUX.

Dans ce nid de ramiers, hélas! qu'allais-je faire?
Réveiller un passé qui me brise le cœur,
D'un Eden entrevoir les fruits et la lueur,
Puis redescendre en hâte et ne trouver sur terre,
Sous mes regards baissés, arbre, rayon ni fleur!
On n'y reviendra plus, enfants, quoiqu'on vous aime,
Je n'avais pas prévu ce qu'il en peut coûter!
Voir, et puis ne pouvoir, oh! l'amertume extrême!
Une voix au retour murmurait en moi-même :
Il faut monter au ciel, quand on n'y peut rester.

A Mme LA MARQUISE ***.

A DIEPPE.

Vous avez retrouvé le flot, l'arbre et la grève
Où de vos jours heureux s'écoula le doux rêve !
Une fois vous avez voulu les voir encor
Et de vos souvenirs recompter le trésor ;
Bien fatal à mon sens et dont l'âme est brisée !
Tout était, rien n'est plus ! oh ! l'amère pensée !
Autant vaudrait lever la pierre d'un cercueil,
Embrasser un cadavre et reprendre son deuil.

Que de pleurs dans ces lieux où notre âme ravie

Ne trouve que silence et mort où fut sa vie !

Dante pensait ainsi. Ce génie amoureux

Craignait tout souvenir d'un passé trop heureux,

Tant son cœur se tordait dans la pensée amère

De demander en vain celle qui lui fut chère.

Triste sort ! la mémoire est le don de souffrir ;

Oublions donc ! hélas ! oublier, c'est mourir.

Qu'aurez-vous fait alors, vous si noble et si tendre ?

Oh ! vous aurez souffert ! assise sur la cendre

De l'amour consumé ; regardant les débris,

Du temple anéanti de vos rêves chéris,

Vous aurez sur la plage où tout vous le rappelle,

Redit les mots sacrés d'un culte humble et fidèle,

Frappé d'un nom chéri l'air, les flots et le ciel,

Et bu du souvenir l'absynthe avec le miel.

Est-ce un bien, est-ce un mal ? oh ! qu'importe à votre âme ?

C'est besoin, c'est devoir, une voix nous réclame

Dans la mort, dans la tombe où dorment nos amours,

Béni soit qui l'écoute et se souvient toujours.

       Au Châlet,   août 1841.

LES CABINETS DE LECTURE.

Le dimanche parfois, passant près des boutiques,
Au besoin des passants ouvertes sans pudeur,
Quand brille un doux soleil sur le printemps en fleur,
Je vois les fronts penchés sur les feuilles publiques,
Où chacun va puiser l'amertume et l'erreur.
Tous sont silencieux sur leur sombre lecture,
Tous la lèvre serrée et le rire mauvais ;
Et je me dis, songeant à cette joie impure :
Voilà donc aujourd'hui le culte des Français !
Le journal ! le journal écumant, plein de rage,
N'ayant respect, pudeur, âme, ni piété,
Primaire instituteur de mépris et d'outrage,
Archives d'avanie et de déloyauté.

O saint jour que Dieu fit, voilà comme on te fête !
Voilà, peuple français, le plus beau de tes droits !
Voilà ta dignité ! c'est pour cette conquête
Que dans l'exil on a renvoyé de vieux rois !

Cependant, à cette heure, au-delà des frontières,
Les peuples à genoux, embrassant les autels,
Les yeux levés au ciel, y lancent leurs prières
Avec l'encens des fleurs et des chants solennels !
Alors je vais songeant à notre suffisance
Qui fait des nations accuser l'ignorance,
Et gémir du destin de ces infortunés
Qu'au bonheur de la presse on n'a point condamnés.
Un jour peu s'en fallut qu'on ne mît en campagne
Tous nos jeunes soldats et nos vieux généraux,
Pour aller propager dans la noble Allemagne
Le nouvel esprit saint : le bonheur des journaux !

Oh ! les fronts déprimés et les sottes figures
Que plissent chaque jour ces infâmes lectures !

Et quels cœurs tiendraient donc à l'impur aliment
Qu'à ce banquet de haine on puise incessamment?
Lisez, hommes, lisez, il faut bien vous instruire,
Au rire de l'enfer allez apprendre à rire !
Les temples sont ouverts, les cieux sont éclairés,
L'Évangile reluit sur les trépieds dorés,
Le Verbe parle au peuple une langue sublime...
Lisez vos noirs papiers échappés de l'abîme !
Saint Paul et Jésus-Christ chantent l'hymne divin...
Demeurez, pour trois sols on lit *Ledru-Rollin !*
Lisez donc, mais en paix laissez prier les autres ;
Chaque âme a ses plaisirs, soyez moins fiers des vôtres ;
C'est un triste bonheur que cette liberté
Qui pousse au cabinet toute l'humanité.
Lisez ! nourrissez-vous de venin et de flamme,
Alimentez l'orgueil naturel à toute âme,
Rendez-vous importants, sombres, jaloux et fiers,
Remuez en vos cœurs tous les ferments amers ;
Accoutumez-vous bien à braver la puissance,
A vous croire au-dessus de toute obéissance,
A juger la justice, à mépriser les rois,
A vous mettre au-dessus des princes et des lois !

» Par la seule raison vous pouvez vous conduire,

» L'homme est son propre Dieu!(ce que c'est que de lire!)

» L'esclave ou l'insensé seuls tombent à genoux ,

» Nous sommes tous des Dieux, a dit monsieur Leroux [1].

» Chaque homme a son destin , les vœux sont inutiles ,

» Toute prière est vaine et bonne aux imbéciles ! »

C'est mieux. Lisez toujours ; tenez , rien qu'à vous voir,

A travers vos vitreaux dans ce cabinet noir,

Je comprends le progrès dans toutes ses merveilles ,

Mes yeux sont convaincus autant que mes oreilles ;

J'y veux venir un jour pencher mon front aussi ,

Pour parler comme vous ; quant à présent : Merci.

[1] Discours sur *l'humanité.*

Mars 1842.

A FRANCINE.

Francine, vous avez trouvé la vérité,
Sachez la conserver dans votre âme fidèle ;
Il n'est rien de plus sûr dans ce monde agité,
Que la foi calme et ferme où se tient votre zèle.

Nous cherchons, nous rêvons, nous discutons, Seigneur,
Vos droits, votre raison, vos desseins, votre cause,
Et dans ce dur travail desséchant notre cœur,
Notre esprit inquiet jamais ne se repose ;

A vous qui croyez tout rien ne manque jamais :
Tous ces nuages noirs qui montent de la terre

Sont bientôt dissipés ! désirs trompés, regrets,
Vous savez tout porter dans le divin mystère.

Femme, tenez-vous là, gardez ce cœur d'enfant,
Pour aimer, pour louer le Seigneur, votre père, .
Ne perdez point la trace où votre esprit aimant
A trouvé si long-temps l'aliment nécessaire.

Laissez-nous nos raisons, laissez-nous nos pourquoi ,
Abîmes dévorants que n'atteint pas la sonde,
Et d'où rien ne revient!... Suivez, suivez la loi
Par qui sans le savoir existe encor le monde.

Votre prière est vive, excessive ; tant mieux !
C'est le luxe sacré, c'est l'excès salutaire ;
Gardez-la , dussiez-vous, tenant toujours vos yeux
Sur le ciel attachés, trébucher sur la terre.

Dieu vous relèvera ! sa main, dans les dangers,
Ne manque pas à ceux qui lui livrent leur voile,

Voguez sur ce lac pur, vous y verrez l'étoile
Qui guidait autrefois les rois et les bergers.

Prière! saint asile! oh! que souvent j'y rêve!
Quel pouvoir que celui d'un cœur saint à genoux!
Quel mystère puissant dans l'âme qui s'élève
Vers ce ciel qui descend de son côté vers nous,

Oui, dans ce temps impur où se perdent tant d'âmes,
On peut vous dire à vous, qui gardez dans le cœur
La noble chasteté, cet ange de l'honneur :
« Femme, soyez bénie entre toutes les femmes. »

FAMILIÈRE.

Sancho Pança si fin, si prudent et si sage,
Par Gamache invité, tient ce naïf discours,
Au sujet de Basile et de ses beaux amours :
« Que nous veut donc ce cuistre avec tout ce tapage?
» De quoi se mêle-t-il d'aimer comme un vieux fou
» Tant de grâce et d'appas, lui qui n'a pas le sou?
» Avec un gueux pareil la belle Quitterie
» Ne serait-elle pas, comme on dit, bien lotie?
» Vive Gamache et l'or! l'or est tout ici-bas,
» Et malheur et tant pis pour ceux qui n'en ont pas! »

C'est ainsi qu'on pensait au siècle de Cervantes,
Et bien avant encor. Qu'ont donc ces voix pédantes

A nous jeter au nez notre corruption,
Et notre soif de l'or? *Que leur compassion
Part d'un bon naturel!* et c'est d'hier, sans doute,
Que l'on veut arriver à l'or coûte qui coûte?
Qu'on cherche le pouvoir, le crédit, la grandeur,
Et que l'espèce humaine a cette plaie au cœur!
L'or! je n'y songeais pas! c'est d'aujourd'hui qu'on l'aime!
Oh! les honnêtes gens! et comme l'anathème
Leur va bien, eux si purs, si prudents, si discrets,
Eux ennemis jurés de tous les fonds secrets!
Peut-être vous vivez, ô mon censeur austère,
D'eau limpide, de miel, et de pommes-de-terre;
Peut-être vous savez borner tous vos désirs,
Beau sage, et vous avez en horreur les plaisirs;
Peut-être vous passez vos jours dans la retraite,
Vivant de l'air des cieux comme la violette;
Vous travaillez gratis peut-être, ô fiers lions,
Et sans but que le bien, aux démolitions?
Otez donc votre masque, ô mes charmants Tartufes,
Non, vous n'aimez pas l'or, mais vous aimez les truffes,
Non, vous n'aimez pas l'or, mais les vins généreux,
Mais l'opéra, le bal, les meubles somptueux.

O chastes écrivains et profonds moralistes,
De vos souscriptions montrez-nous donc les listes :
Que nous voyions un peu le chiffre édifiant,
Le tarif du public haineux et confiant ;
Voyons ce que rapporte un commerce d'envie
Et de ressentiments ! Oh ! l'innocente vie !
Voyons ce que l'on gagne en perdant le flatteur
D'autrefois, pour avoir le moderne insulteur.

Je comprends qu'un Caton fronde les mœurs romaines,
Contre elles je conçois ses vigoureuses haines ;
Son indignation qui va jusqu'à la mort,
Part d'un cœur noble et grand, incorruptible et fort ;
Je comprends la satire en cette âme étrangère
Aux vices de son siècle, et sa censure amère.
Mais je ne comprends pas nos censeurs de Paris,
Et pour les mœurs du jour leur superbe mépris.
Pour reprendre son siècle et pour lui faire honte,
Il faut un cœur plus pur dans une âme moins prompte ;
Vos dédains, messeigneurs, manquent d'autorité,
Et vous n'avez pas droit à tant de liberté.

Nous sommes corrompus, mais pas plus que nos pères,

Chaque époque a ses torts, ses fléaux, ses misères :

Au loin derrière nous l'horizon est en feu,

Et toujours renaissant suit l'ennemi de Dieu ;

Avec le sang tracés toujours des noms funestes,

A peine en un ciel noir quelques lueurs célestes ;

Le veau d'or renversé par des foudres divins,

Sans cesse sur l'autel relevé par nos mains.

Ah ! ce n'est pas le mal le plus grand de notre âge,

Que la fièvre de l'or et son hideux servage ;

L'orgueil nous tient bien plus ; la haine du devoir,

Voià notre blessure et notre désespoir :

La profanation de choses révérées,

La moquerie amère aux langues acérées,

L'assurance insolente en nos sombres discours,

Voilà le mal profond, la honte de nos jours.

A Mme PAULINE DUCHAMBGE

APRÈS SON CONCERT.

Merci de ces doux airs aujourd'hui rappelés,
Que nous chantions au temps des amours envolés !
Ce sont des amis chers qu'on retrouve avec joie,
Et que comme un parfum le passé nous envoie.
Ils nous trouvent vieillis et sans illusions,
Ces chants si frais, si pleins de douces visions ;
Étincelles du cœur et fleurs de mélodies,
Ils réchauffent encor nos âmes engourdies.
O passé, doux passé, tu revivais encor,
Des souvenirs bénis tu rouvrais le trésor.
Comme *ce matelot a franchi la distance !*

Au foyer de l'amour c'était notre romance;

Et cet *Ange gardien*, qui m'a si mal gardé,

Il me semblait encore en être regardé.

Je contemplais au ciel mes riantes années,

Tendres fleurs dans mes mains par ma faute fanées;

Merci de ces doux chants, de ces charmantes voix,

De ces talents divins et meilleurs qu'autrefois;

Pourtant tout ce que l'âme y retrouvait de tendre,

Avec un fer brûlant remuait notre cendre,

Et je sortis pleurant tous les bonheurs perdus;

Mais au moins je n'étais plus mort, et cette flamme

Avait fait tressaillir les restes de mon âme....

Merci donc de ces maux que vous m'avez rendus.

MARIA.

Oui, le bonheur parfois s'approcha de ma vie,
Les amours sont venus riants et gracieux ;
Mais l'heure en fut rapide et de chagrins suivie :
La joie en gémissant remonta vers les cieux.
A son premier regard promptement infidèle,
Le souvenir vivait seul jusqu'au lendemain ;
L'espoir même fuyait, et seulement son aile
Laissait quelques grains d'or et d'azur sur ma main.

Le destin s'ennuyait de mon âme alarmée,
L'amour, l'amour de même, et celui que j'aimais
Jetait sur mes genoux une fleur parfumée
Qui sur mon cœur troublé ne s'arrêta jamais.

Aussi, sous un ciel pur, je vivais de l'orage,
J'éveillais un écho plus triste que mon chant ;
Mon repos était plein de sinistre présage,
Un mauvais jour naissait dans mon soleil couchant.
Les rayons les plus vifs de sa couche empourprée
Avertissent l'oiseau de fuir au sein des fleurs ;
Ainsi, lorsque d'amour mon âme était parée,
Son éclatant sourire était signe de pleurs.
Mais moi je n'avais pas, pour braver la tempête
Et sauver mes amours, de verdoyants abris ;
Aussi n'est-il resté des plus beaux jours de fête
Que des serments brisés et des bouquets flétris.

Ils dorment sur mon cœur ; chacun d'eux me rappelle
Une heure, une prairie, une larme, un hameau,
Une vague plaintive autour d'une nacelle,
Un peuplier bien vert baignant ses pieds dans l'eau,
Des mots d'amour chantés à l'abri d'une voile,
Des îles qu'éclairaient de belles nuits d'été,
Deux regards attachés sur une même étoile,
Et l'aviron muet sur la barque arrêté.

LES VIOLETTES PERDUES.

Vainement je vous ai cherchée,
Douce fleur des premiers beaux jours,
Sur cette page où, desséchée,
Je voulais vous garder toujours.
Hier, sur la feuille bénie,
Parfumant mes sombres ennuis,
Vous partagiez mon insomnie,
Compagne de mes longues nuits.
Sur une prière adorée,
Teinte encore de vos couleurs,
O pauvre plante préférée,
Ranimée à l'eau de mes pleurs!
Charme d'une flamme secrète,

Souvenir d'un bonheur caché,
Faut-il qu'une main indiscrète
Du livre vous ait arraché !
A la fin de chaque journée
Mon cœur ému vous retrouvait ;
S'il ne vous avait pas donnée,
Du moins l'amour vous conservait.
Qu'importe qu'elle soit jolie
Comme la branche aux yeux d'azur,
Que souvent l'absence a cueillie
Au bord d'un ruisseau frais et pur,
Qu'elle ait abrité le plumage
Ou caché l'aile de l'oiseau,
Qu'elle ait dérobé son feuillage
Dans le pied tremblant du roseau ;
Parmi des gazons d'argentine
Qu'elle ait ouvert ses yeux mouillés,
Ou que du buisson d'églantine
Elle tombe aux champs dépouillés ;
Qu'elle soit triste et délaissée,
Fleurie au sommet d'un vieux mur ;
Qu'elle épanouisse, pressée

Entre les épis du blé mur ;

Que sur la soyeuse verdure

Elle jette un reflet vermeil,

Ou qu'elle vive sans parure,

A l'ombre, pâle, sans soleil ;

Avec son odeur printanière,

Qu'on la cueille au milieu des lis,

Ou sur le toit d'une chaumière,

Entre le chaume et les iris,

Hélas ! quand elle peut nous dire

Les mots si doux à retenir,

La fleur qui rappelle un sourire

Est toujours fleur de souvenir.

MARIA.

1840.

L'ÉTOILE.

Tandis que la nuit embaumée
Nous dérobe aux yeux des humains,
Viens, regarde, ô ma bien-aimée,
Ces cieux, livre de nos destins !
A travers ces limpides voiles
Que l'ombre jette autour de nous,
Vois-tu ces riantes étoiles ?
Autrefois j'en étais jaloux ;
Car dans les songes de ma vie,
J'ai vu des anges dans l'azur,
Et contemplé d'un œil d'envie
Ce ciel si riant et si pur.

Aujourd'hui la terre est trop belle,

Je n'en détourne plus mes yeux ,

Je t'y vois, et crois dans ces lieux

Commencer la vie immortelle.

Dans leur immense majesté

Lis-tu quelque profond mystère ?

Sens-tu comme moi qu'à la terre

Ton destin n'est pas arrêté ?

Crois-tu qu'une race inconnue

Peuple ces mondes radieux ?

Sont-ce des anges, ou des dieux ?

Et toi, duquel es-tu venue ?

Du plus beau, je n'en doute pas !

De quelque éclat que Dieu l'honore ,

Des yeux te cherchent ici-bas ,

Cher amour, on t'y pleure encore !

De quelques fleurs qu'il soit paré ,

Dans ses éblouissantes voies ,

Il doit à ses célestes joies

Manquer ton regard adoré.

Détourne , oh ! détourne la vue

De la splendeur de ton berceau ,

De peur qu'une voix dans la nue
Ne rappelle un ange si beau ;
Ta carrière n'est point remplie,
Mon sort est toujours dans tes yeux.
Attends ! et que le Ciel t'oublie
Quelque temps encor dans ces lieux.

RÉPONSE A Mme SHANDY.

Ah ! ne vous hâtez pas, laissez à son enfance,

Avec ses libres jeux, sa robe d'innocence !

De ces vêtements d'homme allez-vous le souiller ?

Le cher enfant peut-il trop tard nous ressembler !

Des culottes ! mon Dieu ! loin de cette pensée,

Mon âme s'endormait d'illusions bercée,

Et vous me réveillez, hélas ! quand je rêvais

Que le pauvre petit n'en porterait jamais !

Le mot me fait horreur presque autant que la chose.

Non ! je n'accepterai cette métamorphose,

Que bien tard, et contraint par un sort ennemi :

De tout ce qui les suit n'avez-vous pas frémi ?

N'apercevez-vous pas sous cette forme impure,

Comme s'évanouit l'innocente nature?

Moi, déjà je le vois écolier effronté,

Puis, jeune homme insolent, avocat, député,

Homme enfin ! comme nous ; hélas ! c'est assez dire.

Sous sa robe d'azur laissez-moi lui sourire,

Mon cœur lui rêvera de plus nobles destins,

Il aura l'air d'un ange... ou d'une femme au moins !

1836.

LE CHEMIN DE L'ÉVANGILE.

A FRANCINE.

Que de choses, mon Dieu, que de graves pensées
Le temps a sur sa route à notre sol laissées ,
Dans ces noms conservés des jours les plus lointains
Et que portent encor nos prés et nos jardins !

En rêvant chaque année au fond de l'hermitage
Dont la bonté de Dieu m'a donné l'héritage,
Je m'arrête souvent, doucement interdit
Du souvenir qui naît aux noms que l'on me dit.
Voici comment, hier, un enfant du village
Me fit de mon chemin faire l'apprentissage :

« Allez, Monsieur, prenez *la sente aux Chevaliers.*

(C'est que là se dressait un fort de Templiers !)

» Suivez! vous traversez *le champ du Sacrifice...*

(Là les Gaulois rendaient leur terrible justice.)

» A gauche est la *bruyère* et *le pré d'Avenel,*

» Vous arrivez alors au *chemin de l'Autel ;*

» Au détour est *le bois de la bonne Marie ,*

» Une croix est auprès où tout le monde prie ;

» Vous pouvez revenir par *la cour du Château ,*

» C'est votre meilleur fond et l'endroit le plus beau. »

L'herbe y croît en effet en touffes inégales ,

Recouvrant les tombeaux et le marbre des salles ,

Épaisse et rafraîchie en de limpides eaux

Où viennent chaque soir s'abreuver les troupeaux.

Plus loin, près de la mer surgit un nom de guerre :

La *Redoute aux Anglais* enferme ma bruyère,

Tandis qu'à quelques pas un bois silencieux,

Par quelque troubadour fut nommé *Val-des-Cieux.*

Je vais, l'herbe est partout, la feuille, ou la semence,

Et sur tout ce passé la fleur pousse en silence.

Pas un pauvre débris de tombeaux ou de tours ;
Les noms seuls sont restés !.. peut-être pour toujours !

Oh ! ceux que l'on m'a dits , ma fille, en ton herbage ,
Plus simples et moins fiers m'ont charmé davantage ;
Il en est un surtout que sans cesse en mon cœur
Je médite, y trouvant un sens plein de douceur.
C'est le nom de la voie où ton pas est agile ,
Et qu'on nomme au pays : *Chemin de l'Évangile.*
D'où vient cela ? cherchez si quelque cœur navré ,
A ce saint livre, là, ne s'est point réparé.
Le chemin part des cours riantes et fécondes ;
Il est bordé de bois aux retraites profondes ,
Il monte bien longtemps et ne s'arrête enfin
Que sur un mont charmant dont le ciel est voisin ,
Et d'où l'œil enchanté, mais moins encor que l'âme ,
S'inonde tout-à-coup de lumière et de flamme.

Cette route du ciel , le Ciel doit la bénir ,
Comme le soin aussi que tu prends de l'unir ,

D'en adoucir la pente et d'en montrer la trace ;
De la faire choisir au voyageur que lasse
Dans la ronce et la fange un pénible chemin.
C'est bien fait d'y venir le soir et le matin,
D'enseigner aux enfants, avant qu'ils sachent lire,
Ce doux nom ! de les voir tendrement y sourire ;
De faire que leurs pieds s'y posent sans douleur ;
De leur commencer là l'histoire du Seigneur.
Ne manquez pas un jour à monter cette voie,
Et d'y chercher, priant, une sereine joie.
Fidèle compagnon, que le livre divin,
Éclairé par les cieux, s'ouvre dans votre main,
Et puis vous inscrirez dans le bois solitaire,
Chemin de l'Évangile, et sentier du *grand-père.*

AUX POÈTES.

L'orgueil sur qui Jésus mit le pied tant de fois,
Se relève, géant, et l'on entend sa voix,
Sur mille tons amers éclater dans le monde ;
Il montre à tout passant sa blessure profonde.
L'orgueil atteint au cœur jusqu'au plus généreux ;
S'il ne le fait méchant, il le fait malheureux.
Tout revers nous aigrit, nous blesse, nous déchire,
Et pour un vers sifflé nous crions au martyre ;
Nous demandóns à Dieu compte du mal souffert,
Et ne parlons pas moins que de vivre au désert ;
Déclarant notre temps coupable de tous crimes,
S'il n'a pas la vertu de nous trouver sublimes ;
Si bien que l'un de nous, confondu des succès

Qu'obtenaient autrefois nos vieux auteurs français,
Naguère en demandait la raison au génie ;
C'était à ce sujet une plainte infinie,
Des lamentations d'Ange des cieux banni,
Où l'exilé criait à l'auteur d'Hernani :
« Dis-nous, si tu le sais, dis-nous comment Corneille
» Ecrit le Cid, *malgré le bourdon de l'abeille?* »

Moi, je vous dirai bien, auteurs infortunés,
Comment tant de beaux vers dans de grands cœurs sont nés,
Comment, tout frémissant de la sublime veille,
Sortit le Cid armé du cerveau de Corneille.
Si vous le demandez, je dirai bien pourquoi
Ce pauvre, cet obscur, devint un si grand roi ;
Et comment à genoux, saintement idolâtre,
Le monde en pleurs couvrit de lauriers son théâtre.
Corneille était modeste, humble, bon et discret ;
Son génie élevé de lui-même doutait ;
Sujet soumis et grand, sans colère et sans crainte,
Corneille comprimait une orgueilleuse plainte ;
Il ne se brûlait pas sous le nez de l'encens,
Et mêlait au génie un sublime bon sens.

Corneille, sans besoins extrêmes, sans envie
Au dedans, au dehors menait chrétienne vie.
Bien d'autres comme lui, pour être combattus,
Ne s'intitulaient pas grands hommes méconnus.
Pour faire de beaux vers, et comme vous en faites,
Ils ne se croyaient pas des dieux et des prophètes.
Ils savaient dans leur douce et calme piété,
Travailler au triomphe avec humilité.
Faites ainsi, domptez vos vers, vos vœux, vos âmes ;
Admettez la raison dans vos sublimes drames,
Quoique plus qu'un public, ardents, profonds et forts,
Croyez un peu qu'enfin il n'a pas tous les torts.
Corneille à ses avis savait souvent se rendre,
Et ne l'accusait pas de ne point le comprendre.
Demandez-vous souvent, comme fait le chrétien :
Mon Dieu ! mon Dieu ! que suis-je ? et répondez-vous : Rien.
Oui, répondez-vous : Rien... fussiez-vous quelque chose !
C'est mieux que de chanter sa propre apothéose,
Que d'appeler à soi de tous les jugements,
Et d'accuser l'envie, et le monde, et le temps !
Souvenez-vous comment, harmonieuse et tendre,
Andromaque vengea les sifflets d'Alexandre.

A vous entendre, on croit que le monde est couvert
De Chatterton à Londre, à Paris de Gilbert !
Nullement, mes amis, c'est une autre injustice !
Le monde est tout rempli d'impuissance et de vice,
Ou d'orgueil, tout au moins : je vous plains, je vous plains,
Bien jeune j'ai connu de semblables chagrins ;
Je vous parle en ami touché de vos misères,
Et voudrais adoucir vos dédains, vos colères.
A qui tombe aujourd'hui dans de nobles combats,
La patrie et la paix ouvrent leurs tendres bras.
L'ordre à grands cris appelle aujourd'hui la science,
Le pouvoir à l'esprit demande sa défense ;
Tous deux cherchent l'appui des nobles cœurs soumis,
Gémissant que la paix fasse tant d'ennemis.
Au travail ! au travail ! mais au grand, à l'utile,
Et vous verrez qu'alors vivre est moins difficile...
Vous détournez les yeux, vous ne m'écoutez pas,
Pauvres enfants boudeurs, vous murmurez tout bas...
Allez donc au désert, pleurer, pauvre jeunesse !
Et cherchant le savoir, trouvez-y la sagesse.

Octobre 1838.

SI JE MOURAIS !

MARIA A FRANCINE.

Dans tes rideaux soyeux quand ton enfant se joue,
Quand triste on te l'apporte afin de l'apaiser,
Ah ! songe en appuyant tes lèvres sur sa joue,
A l'enfant qui n'a plus une mère à baiser.

Sur tes genoux assis s'il redit sa prière,
Ou s'il goûte à tes pieds sur ton riche tapis,
Songe à mon pauvre enfant au fond d'une chaumière,
Qui s'endort en mordant son morceau de pain bis.

Son berceau s'est usé sans que je le balance,
Car la foudre nous a séparés tous les deux,
Il ne s'endort jamais au chant de ma romance,
Il s'éveille toujours sans rencontrer mes yeux.

Sur le chemin désert peut-être il croit m'entendre
Accourir en riant au-devant de ses pas;
Puis, il revient tout seul et demande à comprendre
Comment près de son fils sa mère ne vient pas.

Oh! ma sœur, pense à lui, veille sur sa jeune âme,
Mène nos deux enfants par les mêmes chemins,
Le soir, à la clarté d'une joyeuse flamme,
Chauffe leurs petits pieds dans tes petites mains.

Si je mourais, cours vite à ce pauvre héritage,
Songe à ces derniers vœux! qu'ils ne soient pas déçus,
Va prendre mon enfant au fond de son village,
Et demande au foyer une place de plus.

S'il souffre, sur ton cœur tu calmeras sa plainte,
Et les berçant tous deux sur tes frêles genoux,
Oh ! ma sœur, tu seras comme la Vierge sainte,
Qui n'avait qu'un enfant et qui les aimait tous.

C'est trop peu d'un trésor pour une âme si bonne,
Sois doublement chérie en partageant ton cœur,
Oh ! garde avec ton fils celui que je te donne,
Un qui vient de l'amour et l'autre de ta sœur.

De l'ange qui n'est plus remplis ainsi le vide,
Ton cœur possède assez de richesses pour deux ;
De mon pauvre orphelin sois la mère et le guide,
Et moi, j'endormirai ta fille dans les cieux.

Janvier 1839.

/ LE DOUTE.

Oh! vous doutez aussi! c'est affreux, n'est-ce pas?
Autant vaudrait sentir la terre sous ses pas
Manquer, que chanceler notre foi dans notre âme.
Qu'est-il donc arrivé? que vous a dit l'infâme,
L'ennemi de tout bien, le lion rugissant?
Quel pourquoi jette-t-il dans ce cœur confiant?
Allez, je les connais ces questions cruelles,
Elles m'ont bien souvent emporté sur leurs ailes;
Vous savez! j'ai maudit la nature et le ciel,
J'ai contre le Seigneur trouvé des mots de fiel,
Et je croyais ma lampe à tout jamais éteinte;
Eh bien, ces mots amers, cette infernale plainte,

Je les effacerais, s'ils ne devaient prouver,

Qu'au fond de cet abîme on peut se retrouver.

Ne désespérez pas, mais aux heures d'alarmes,

Pleurez, et le Sauveur reviendra dans vos larmes.

Comment ? — c'est son secret, lui seul sait ce chemin,

Quand il en sera temps, il prendra votre main,

Il vous promènera le soir, dans le silence ;

Une étoile, un parfum vous rendront sa présence ;

Sous l'arbre qu'en ce monde il daigna vous donner ;

Vous sentirez bientôt qu'il veut vous pardonner.

Vous comprendrez comment son regard nous attire,

Dans ses astres brillants vous verrez son sourire :

Il vous a visitée une fois !... calmez-vous,

Pour une seule fois Dieu ne vient point à nous,

Et comme le soleil, son incomplète image,

Il existe, malgré la nuit et le nuage.

Peut-être savez-vous ce conte oriental :

Un prisonnier était, par un arrêt fatal,

Plongé dans un cachot, caverne sans issue,

N'attendant que la mort, et n'imaginant pas

Qui pourrait l'arracher des serres du trépas ;

Tout-à-coup un éclair a jailli dans cette ombre !

Il se lève, il regarde !... et tout redevient sombre....

C'est une illusion... Non ! l'éclair reparaît,

Plus brillant cette fois et son espoir renaît !

Il le cherche, il le perd, et toujours inconstante,

Il suit dans les détours cette lueur tremblante.

Après bien des détours dans la longue prison ,

Cet éclair fugitif est devenu rayon !...

C'est un passage ouvert dans la roche fendue,

Par où la liberté lui doit être rendue ;

L'éclair devient soleil ; voici les champs, les cieux ,

Et l'esclave est sauvé. — Le doute est pour nos yeux

Cette prison ! la foi, c'est cet éclair qui passe,

Revient, fuit, reparaît, et jamais ne se lasse,

Se fait rayon enfin , immortelle clarté,

Au jour que le Seigneur marqua de sa bonté.

CONCLUSION.

Néant et vanité! besoin de la parole,
Jusqu'à son dernier jour il faut donc qu'on immole
    Sur votre triste autel!
Et quand l'offrande est là, parée et toute prête,
Un jour intérieur dans notre âme inquiète
    Jette un trouble mortel!

A quoi bon, et pourquoi? que suis-je? qui m'inspire?
Où s'en iront mes chants, ce passager délire,
    Peut-être cette erreur!
Ai-je tort, ou raison, et s'ils daignaient répondre,
Combien me blâmeraient et pourraient me confondre,
    Et dire avec douleur :

    Pourquoi de vos muses paisibles
    Troubler les discrètes chansons,

Et dans ces questions terribles
Les jeter comme aux aquilons?
Chantez, chantez les vers des autres,
Vous qui n'en êtes point jaloux,
Laissez mourir en paix les vôtres,
Et sous vos ombrages si doux
Redites souvent la sentence
Du grand poète, notre honneur :
« Insensé le mortel qui pense,
» Toute pensée est une erreur,
» Vivez et mourez en silence,
» Car la parole est au Seigneur. »

FIN.

www.ingramcontent.com/pod-product-compliance
Ingram Content Group UK Ltd.
Pitfield, Milton Keynes, MK11 3LW, UK
UKHW022327070726
13614UKWH00002B/991